O TEMPS! O MOEURS!

SATIRE

PAR

L'Augure APOLONIUS.

Prix : 1 franc.

PARIS

IMPRIMERIE D'EUGÈNE DUVERGER,
RUE DE VERNEUIL, Nº 4.

1847

O TEMPS! O MOEURS!

O TEMPS! O MŒURS!

O temps ! ô mœurs ! triste décrépitude,
Siècle, où vas-tu dans ta perversité ?
Est-ce à l'abîme, est-ce à la servitude ?
Tes yeux sont-ils frappés de cécité ?
Est-ce la mort qui doit bientôt éteindre
Ce flot impur d'une société,
Que d'un cilice étroit il faudrait ceindre
Pour rajeunir tant de caducité ?

Quoi ! saturé de gloire et de science
Dans l'univers, ô peuple renommé !
Pour ton honneur, ta noble insouciance,
Ta bonne foi, quoi ! te voilà nommé
Un peuple vil, en qui de veine en veine
Le flux morbide et la corruption
Courent au cœur apporter leur gangrène,
Avant-coureur de la destruction !
Car d'un pays l'honneur est le principe,
La force ainsi que la vitalité ;
Otez l'honneur, ô France, ô noble type !
J'espère en vain ton immortalité.

 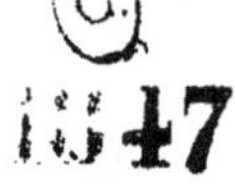

Qui donc vivra, si ce peuple si brave,
Si plein de cœur et d'un loyal esprit,
Ce Franc, ce Gaule un jour était esclave?
Qui donc vivra si la France périt?

Et cependant je vois de proche en proche
La pourriture envahir son vieux tronc;
A tous les jets je la vois qui s'accroche,
Souille sa base et sillonne son front;
Et jusqu'au faîte étendant ses morsures,
Ne laissant rien qu'elle ne l'ait touché,
Ente le mal par toutes les fissures
Qu'offre le corps à son venin caché.
Venin subtil dont la marche rapide
Qui sait?... demain ne s'arrêtera plus,
Tant ce virus dangereux et fétide
Pénètre avant dans ses membres perclus.

Osons, prenant le fer d'une main sûre,
Tailler au vif dans ce corps gangrené,
Et qu'il recouvre, au prix de sa blessure,
L'honneur, l'honneur longtemps abandonné.

Jadis l'honneur, de nos Français l'idole,
A leurs désirs, à leurs vœux suffisait.
Beaucoup voyaient le fleuve du Pactole
Rouler ses flots, et plus d'un se disait :
« L'or ne saurait être à tous sur la terre;
« Tous ne sauraient de ce brillant métal
« Prendre une part, que Dieu donne ou resserre,
« Et dont souvent il fait un don fatal. »
Et le cadet d'une illustre famille
Allait combattre et mourir pour la croix;
Dans le castel où le chêne pétille
L'autre habitait : c'était l'aîné des trois;

Aux flots amers confiant sa fortune
Le second fils courait tenter le sort,
Et revenait vers la mère commune
De son travail goûter les fruits au port.
Tous subissaient ainsi leur destinée
Sans que, songeant à blâmer ses arrêts,
L'un d'eux, plus fier et d'une âme obstinée,
Vînt protester, Dieu! contre tes décrets.
L'emploi restait entre les mains du père
Jusqu'à sa mort, et passait dans les mains
D'un fils soigneux de le rendre prospère.
Pères et fils suivaient mêmes chemins.
Chacun alors devenait solidaire
Du noble état qu'il avait embrassé ;
On s'honorait des vertus d'un confrère,
D'un trait coupable on était offensé.
Aux derniers rangs il en était de même,
Et ces anneaux, l'un à l'autre enlacés,
Formaient un tout, une chaîne suprême
Qui reliait les hommes dispersés.

Ainsi l'on voit un chaînon de lumières
Unir le soir des arbres vigoureux,
Qui, l'un de l'autre ardents auxiliaires,
Font tout briller, resplendir de leurs feux.
L'enclume était un meuble de famille :
Mêmes métiers pour mêmes descendants ;
Mais aujourd'hui tout état s'éparpille
Et l'on rougit de ses antécédants.
Chacun prétend monter et de sa sphère
Sortir afin de conquérir de l'or,
Unique bien, bien qu'à tous on préfère ;
Heureux, heureux quand on l'obtient encor
Sans que l'honneur, cette chère dépouille,
Restant, hélas! aux ronces du chemin,

Cet or honteux de fange ne nous souille !

De l'or !... criait tout le peuple romain ;
Et se gorgeant de plaisirs et de fêtes,
Se couronnant des pampres du festin,
Saxons et Goths poursuivaient leurs conquêtes,
Et l'esclavage alors fut son destin.

Quand l'étranger, accourant aux frontières,
Était tout près, France ! de t'envahir,
Que tu n'offrais à ses masses guerrières
Que des soldats qu'il fallait aguerrir,
Pour résister à ce flot qui te presse,
Si tu n'eus eu, tel le peuple romain,
Que la fatigue et la soif de l'ivresse,
Tu n'eus pas vu, France ! de lendemain.

Pour s'enrichir il est de vastes routes
Qu'offre l'État à qui veut parvenir.
« Soyez, dit-il, les piliers et les voûtes
« De ce pays ; pour lui sachez mourir.
« L'agriculture aux cent bras vous appelle ;
« Son industrie enfante des trésors ;
« Les arts, la guerre enflamment l'étincelle
« D'une âme jeune et pleine de transports :
« Vous grandirez à l'ombre de son aile,
« Et, citoyen, sur vos cheveux blanchis,
« On posera la couronne immortelle
« D'un homme utile et cher à son pays. »
Ainsi l'on vit Lafayette et Laffitte,
Et Ganneron, et l'un des Delessert,
Que tout Paris presse, chérit, invite,
De cris d'amour entendre un doux concert.
Et quand la mort les réunit aux sages,
Aux bienfaiteurs de notre humanité,

Paris pleura, purs et touchants hommages !
Et leur mort fut une calamité.

Mais le temps doit sanctionner la gloire,
Mais le bien-être est le prix du travail.
Non, désormais nul au temps ne veut croire,
De sa fortune on prend le gouvernail.
« Courons, courons sur la mer orageuse, »
Vont s'écriant les jeunes matelots,
« Ramassons l'or dans la plaine fangeuse,
« Sur les récifs, au milieu des îlots.
« De l'or, de l'or à nos belles années !
« De l'or, de l'or pour des plaisirs sans fin !
« De l'or, de l'or !... » Et leurs voix avinées
Dans leurs gosiers s'éteignent à la fin.
Et du travail dédaignant le salaire,
Voulant de l'or maintenant à tout prix,
Les voilà donc sans guide tutélaire,
Couvant les biens dont leurs cœurs sont épris.
Oui, les voilà ! dans des routes diverses,
Chacun pressé d'arriver à son but,
Jette en échange aux idoles perverses
L'honneur, l'honneur, triste et premier tribut !
Les voyez-vous, l'œil éteint, le front have,
Le dos voûté par de nombreux excès,
Vomir l'insulte et répandre leur bave
Sur le mérite et ses nobles succès ?
Les voyez-vous ? Où donc est la jeunesse ?
Où donc la vie en sa précocité ?
Où donc la grâce ? Où donc est l'allégresse ?
De leurs vingt ans où la sérénité ?
C'est que déjà s'éloignant de leur âme,
Le doute, hélas ! est venu s'y placer ;
C'est que déjà le matelot qui rame,
Sent que les flots viennent le repousser.

Car la jeunesse inconséquente et vive,
Prompte d'abord à braver les dangers,
Se décourage à contempler la rive
Qui semble fuir aux yeux des passagers ;
Et s'ennuyant d'une trop longue attente,
De mille biens désirant de jouir,
Fermant l'oreille aux avis que l'on tente :
« Sans voile, adieu, dit-elle, il faut partir ! »
On vogue alors sur des flots pleins d'orages.
Qui nous dira les chutes, les méfaits ?
Puis à l'honneur arrivent les outrages ;
Demain peut-être on verrait des forfaits.

De nos secrets traître dépositaire,
L'un prend notre or dans la lettre enfermé [1] ;
L'autre, commis dans quelque ministère [2],
Livre la note à l'or qui l'a charmé ;
De son patron trompant la confiance,
L'un un matin enlève le trésor [3] ;
Celui-ci court à la banque de France :
« Pour ces billets (faux), donnez-moi de l'or [4]. »
Un autre apprend que des écrits perfides
Pourraient troubler la paix d'un noble toit ;
Il sait où sont ces lettres homicides :
« De l'or ? — Prenez. » Ce trait au cœur fait froid.
Cet autre encor de la femme qu'il aime
Saisit l'écrin par un coupable effort ;
Pour à son front mettre un frais diadème,
L'un d'un ami vide le coffre-fort.

(1) Fait qui depuis plusieurs années se renouvelle de la manière la plus scandaleuse dans l'administration des postes.
(2) Ceci a eu lieu dans l'administration de la ville de Paris.
(3) C'est malheureusement ce qui arrive tous les jours.
(4) Tout le monde se rappelle de semblables faits.

9

Ce n'est partout que tromperie infâme,
Que turpitude, insigne lâcheté,
Où va le vice insérer sa réclame,
Où l'honneur est de tout point insulté.

Mais le public, mais tout au moins la presse
Dont le fouet doit châtier les abus,
Elle dont l'arme active et vengeresse
Sur des esprits de ses pouvoirs imbus
Est si puissante à leur tracer la voie,
A les dresser, à les faire avancer,
Chaque matin là qu'est=ce qu'elle envoie?
Dans quel chemin la voit-on s'élancer?
Oh! dans ce lieu le désordre est extrême;
Là, plus qu'ailleurs l'or est le dieu des jours;
L'honneur unique et l'unique système,
Le cercle étroit où l'on tourne toujours.
« De l'or! pour prix d'un éloge à ce livre!
« De l'or! afin que nos feuilles demain
« Pour quelque drame expirant vous délivre
« D'être immortel le brevet surhumain [1]. »

Si, renfermé dans sa haute mansarde,
Un écrivain préconisait la loi,
Le strict honneur dans tout ce qui regarde
Le tien, le mien, la justice, la foi;
Si, comprimant la triste effervescence
Des passions que sans cesse on accroît,
Il écrivait avec sa conscience,
Prêtant l'appui de son talent au droit,
Oui, de beaucoup il obtiendrait l'estime;
Mais est-ce là ce qu'on veut aujourd'hui?
Est-ce donc là ce succès unanime

(1) *Les Burgraves* et l'*Agnès de Méranie.*

Qui porte l'or et le bruit avec lui?
La probité bien lentement nous mène
Au club, au turf, ainsi qu'à l'Opéra,
Sur des chevaux pur sang, en un domaine
Où nuit et jour on boira, l'on jouera;
Car c'est trop peu que le luxe révèle
Que la fortune a comblé nos désirs
Il faut que l'or sur des tapis ruisselle,
Un or impur, source des repentirs.
Or, l'écrivain prend ce genre facile
Qui, nourrissant les folles passions,
Exalte, plaît; c'est l'esclave docile
Par nous chargé de nos séductions[1].
Les dissolus recherchent ses ouvrages,
L'esprit sceptique y voit le doute écrit,
Le fataliste en parcourant ses pages
Y voit son sort fatalement inscrit.
Tous sont flattés dans leurs erreurs intimes;
La vérité seule n'apparaît pas.
La vérité, dans ces œuvres sublimes
Voile son front et s'enfuit à grands pas.
Mais l'or afflue et l'on est à la mode;
On boit, on fume, on joue, on fait du bruit,
Des duels vingt fois on étale le code,
Car sur ce point nous sommes fort instruit[2]...
Là, qu'apprend-on? Qu'au milieu des lorettes,
D'adroits joueurs et d'indignes escrocs,
Des fils, hélas! de familles honnêtes
Se voient aussi dans ces affreux tripots[3];

(1) Voir le *Juif errant* et plusieurs ouvrages du même
auteur.

(2) On sous-entend ici ce qui se passa à Rouen durant le
procès du sieur Beauvallon.

(3) Les débats du procès nous ont appris leurs noms.

Que ces cœurs purs, où l'honneur est vivace,
Imprudemment s'agglomérant ainsi
A des fripons plébéiens ou de race,
Auraient bien pu le devenir aussi.
Car qui dira les effets de l'exemple,
La soif de l'or et l'amour de briller ?
Chez Lievenne, Albert, cet autre temple[1],
Où la vertu n'eut jamais d'oreiller.
Qui nous dira qu'un jour le fils d'un brave,
Dernier ami du grand Napoléon,
Foulant aux pieds sa glorieuse entrave,
B....... n'eût pas déshonoré ton nom?
De Flers, de Boigne, esprits jeunes, aimables[2],
Qui nous dira qu'en fréquentant ces lieux,
Antre du vice et d'élégants coupables,
Vous n'eussiez pu devenir vicieux?
Ah ! que ce soit une leçon puissante
Pour vous tenir à jamais éloignés :
Quand la vertu des femmes est absente,
Les vices seuls sont alors enseignés.

Ainsi l'or seul est le besoin suprême
De ces Français qu'on voyait autrefois
Pleins d'une ardeur bouillante autant qu'extrême,
Risquer leur vie au milieu des tournois,
Sans nuls soucis affronter mille chances,
Et d'un rival défiant la valeur,
Croiser le fer et mesurer leurs lances
Pour une écharpe, un ruban, une fleur.
Un peu plus tard, des amours moins sévères
Vinrent charmer nos jeunes cavaliers;
Mais on aimait, mais des chaînes légères,

(1) Maisons douteuses où on joue très gros jeu.
(2) M. de Boigne, auteur de charmants feuilletons.

D'aimables nœuds leur étaient familiers.
Plus d'amour vrai maintenant pour les femmes,
De dévoûment dans ce noble lien ;
Mais des penchants bas, coupables, infâmes,
Que le mépris surexcite, entretient.

Nous arrivons. Il est un club célèbre
Où nos lions, sémillants et dorés,
Tous grands joueurs et connaissant l'algèbre,
Ont sur l'honneur des principes sacrés.
A Chantilly, fixant le but des courses,
Nul d'une main ne peut le dépasser ;
Des bons coureurs connaissant les ressources,
Ils vous diront qui doit se surpasser.
Des duels aussi, des douteux coups de cartes,
Juges, experts, leurs jugements font lois ;
A Tortoni l'on discute ces chartes ;
Du point d'honneur, de la mode ils sont rois.
Par eux l'honneur, mieux respecté sans doute,
Ne peut avoir en ces lieux à rougir,
Et l'or semé sur leurs pas, sur leur route,
N'allume point un coupable désir.
Vous le croyez... Voyez Berghe aux assises[1],
G. . . . . fuyant vers un sol étranger[2],
Et vous saurez si leurs âmes éprises
D'un or impur, aiment à s'en gorger.
Plus haut encor, dans le sein de la France,
Il est un corps puissant et respecté
Qu'on entourait d'honneur, de déférence,
Et que jamais on n'avait suspecté.
Ce corps puissant, s'érigeant cour suprême,

(1) Il est ici question du prince de Berghes, dont l'escroquerie eut un si grand retentissement.
(2) De M. G. . . ., officier d'ordonnance du roi, qui dut prendre la fuite après une escroquerie semblable.

De ce pays l'élite et la grandeur,
Juge, et n'ayant de juge que lui-même,
Sauvegardait le dépôt de l'honneur,
En ce lieu-là voyez ce qui se passe :
Ce corps par lui réduit, mis en lambeaux,
Baisse le bras, le relève et se lasse
D'user ainsi de ses droits les plus beaux.
T...., C...... et de P......, l'infâme [1] !
Sont par ses mains déchirés en trois mois.
L'un fut voleur, l'autre escroc, d'une femme
L'autre assassin : ils étaient pairs tous trois !...
Partout, partout, l'ignoble escroquerie
Monte d'en bas aux plus hauts échelons,
Embrasse tout de sa vaste industrie,
A son profit retourne nos sillons.
Soit que du peuple aggravant la misère,
Elle accapare et le sel et le pain [2];
De nos vieillards le julep salutaire [3],
Ou des soldats le blé rendu malsain [4];
Soit qu'acceptant des trésors comme Teste,
De Gouhenans on signe l'abandon [5],
L'escroquerie est partout manifeste,
Partout je vois le lucre auprès du don.
Partout enfin, oui, je vois la faillite,
Non celle dont la cause est le malheur,
Mais celle qui dans nos mains facilite
L'adroit recel du plus beau, du meilleur.

(1) Voyez les procès Teste et Cubière, et celui de M. de
Praslin, arrêté dans son cours par l'empoisonnement du duc
de Praslin.
(2) Voir les procès Bénier et d'Audiffret.
(3) Voir l'affaire de l'hospice des vieillards.
(4) Celle de la Rochelle.
(5) Le fameux procès des mines de Gouhenans.

De ses clients le notaire infidèle [1]
Emporte l'or avec soin ramassé,
Et sous le coup de l'affreuse nouvelle
Tout un pays par la terreur glacé,
Voit s'envoler ses modestes fortunes,
D'un long travail les fruits accumulés,
Bien-être, dots ; à ces pertes communes,
Petits et grands, hélas ! tous sont mêlés.

Tel l'ouragan, telle une trombe immense
Qui, s'abattant sur de riches moissons
Où chacun mit son temps et sa semence,
Enlève à tous l'espoir de deux saisons.

Le directeur, le gérant responsable [2]
D'une entreprise où gisent des millions,
D'un découvert s'est-il rendu coupable,
Il ne va point, revêtant des haillons,
Pleurer au loin sur sa triste gérance ;
Plus insolent, plus luxueux cent fois,
Caché d'abord, il vient montrer qu'en France
On peut leurrer les hommes et les lois.

Chaque province à son tour ébranlée [3]
Se voit ravir ses nombreux capitaux ;
La bonne foi tristement violée
Du numéraire accroît aussi le taux,
Et des plus grands pratiquant la méthode,

(1) Entre vingt autres, le notaire de Saint-Germain-en-Laye, dont l'énorme faillite, arrivée l'année dernière, plongea toute la ville dans la désolation.

(2) Voir l'affaire des mines de Saint-Bérain et tant d'autres.

(3) Le nord et le midi de la France sont désolés par des banqueroutes frauduleuses.

Le commerçant extorquant l'acheteur,
Chacun poursuit une route commode,
Et de volé devient bientôt voleur.
Tous sont atteints du poison qui circule,
Tous ont de l'or un effrayant besoin;
Affaires, goûts, plaisirs, ce véhicule
Domine tout, soit de près, soit de loin.
De l'or! tel est le gracieux mirage
Que les regards embrassent du désir.
De l'or! Il fuit... hâtons-nous davantage,
Et devançons qui pourrait le saisir.

De l'or! de l'or! c'est l'oasis aimable
Où nous pourrons doucement reposer,
Ivres des vins qui coulent sur la table,
Ivres, Laïs! de ton dernier baiser.
De l'or! voilà le cri de la vieillesse;
Tel Pellapra déjà presque au tombeau [1].
De l'or! voilà le cri de la jeunesse,
Cri frénétique et qui de ton flambeau
Éteint, Raison, un reste de lumière,
Dans l'âme étouffe à tout jamais l'honneur,
Et ne nous laisse au bout de la carrière
Qu'un long désastre et le remords vengeur.

Réveille-toi sur le bord des abîmes,
Réveille-toi, France! ou tu vas tomber
Au fond du gouffre où deux nobles victimes,
La Grèce et Rome, ont été succomber.

Des arts longtemps la Grèce fut la mère,
Le marbre et l'or y brillaient en tous lieux ;

(1) M. Pellapra, qui joua un rôle si actif dans l'affaire des
mines de Gouhenans, jouit d'une fortune qu'on évalue à plusieurs millions et touche à sa soixante-seizième année.

De ses vaisseaux la mâture légère
Se confondait dans la brume des cieux.
Elle croula. Ses divins édifices
N'eurent plus rien de leur céleste éclat ;
La courtisane au fer des sacrifices
Livrait l'honneur que le Turc immola.

Rome survint : elle fut souveraine ;
Les rois vaincus devenus prisonniers
Rampaient aux pieds de la puissante reine.
Le vice à Rome eut d'immenses charniers.
Et maintenant pour son indépendance
Elle combat... Ah ! puissent leurs excès
Te protéger contre la décadence
Où je te vois courir, peuple français !

L'augure APOLONIUS.

Paris, 9 septembre 1847.

Imprimerie d'E. DUVERGER, rue de Verneuil, 4.

IMPRIMERIE D'E. DUVERGER, RUE DE VERNEUIL, N° 4.

www.ingramcontent.com/pod-product-compliance
Lightning Source LLC
LaVergne TN
LVHW050254030726
842520LV00006B/2363